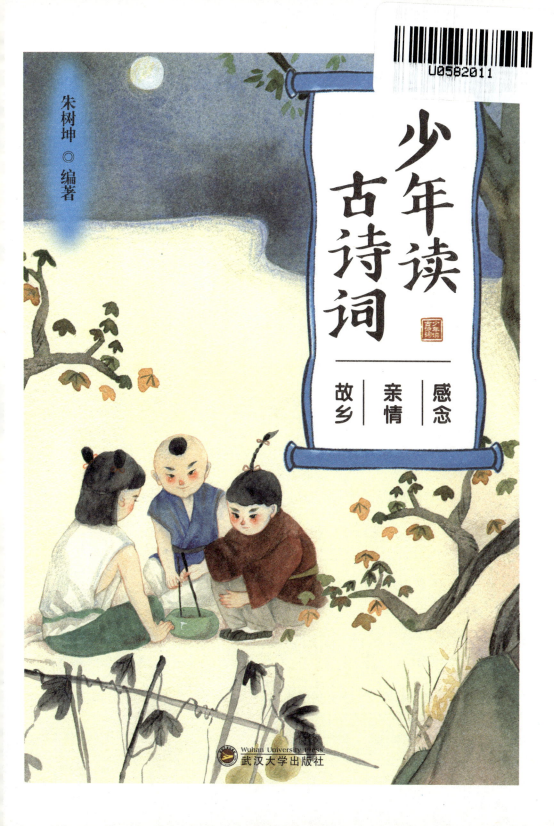

朱树坤 ◎ 编著

少年读古诗词

感念 | 亲情 | 故乡

Wuhan University Press
武汉大学出版社

图书在版编目（CIP）数据

少年读古诗词.感念亲情故乡／朱树坤编著.—武汉：武汉大学出版社，
2020.6

ISBN 978-7-307-21473-6

Ⅰ.少⋯　Ⅱ.朱⋯　Ⅲ.古典诗歌－诗歌欣赏－中国－少儿读物
Ⅳ.I207.2-49

中国版本图书馆 CIP 数据核字（2020）第 073317 号

责任编辑：黄朝昉　牟　丹　　责任校对：孟令玲　　版式设计：晴晨时代

出版发行：**武汉大学出版社** （430072　武昌　珞珈山）

（电子邮箱：cbs22@whu.edu.cn 网址：www.wdp.com.cn）

印刷：天津东辰丰彩印刷有限公司

开本：710×1000　1/16　　印张：9　　　字数：60 千字

版次：2020 年 6 月第 1 版　　2020 年 6 月第 1 次印刷

ISBN 978-7-307-21473-6　　定价：32.00 元

序

　　学生要获得全面优质的发展，就需要在德智体美劳等各方面都花时间下功夫。但是，孩子们没有时间。因为教师和家长对孩子课堂学习成绩的高期望，导致过重的课业负担挤占了孩子们大量的时间。怎么办？提前学还是提高学习效率？或是采取其他方式？

　　我们认为应该做到"融合"。在编撰本书时，我们立足于让孩子欣赏最美古诗词，培养孩子优秀的性格品质；同时既能够帮助孩子做好课内的学习，也能做好知识拓展；帮助孩子提高背诵古诗词、赏析古诗词的能力和作文能力，达成应试教育与素质培养两不误。所以，我们编选古诗词的原则是，以部编版中小学课本的古诗词为基础，通过赏析与讲解，让孩子巩固课堂所学，使孩子学有所思，也可以作为提前预习古诗词之用。在此基础上，本书扩充了更多的古诗词。扩充的古诗词都是围绕主题进行编排的，比如，在以传统节日——春节为主题的分类下，选编了王安石的《元日》，又扩充了辛弃疾的《青玉案·元夕》，让孩子在同一个情境下，更深刻地体会古诗词的意境，并积累海量素材，促进写作能力的提高。

少年读古诗词，能使孩子在古诗词中感受奋发向上的人生，铺垫人生底色，积蓄生命力量。

目录

孟　郊（751—814年），字东野，湖州武康（今浙江省德清县）人。唐代著名诗人，与贾岛并称"郊寒岛瘦"。孟郊两试进士不第，年近50岁才中进士，曾任溧阳县尉。由于抱负得不到施展，遂寄情于林泉，吟诗作赋，公务多废。后在河南任职，晚年生活多在洛阳度过。唐宪宗元和九年（814年），携妻往兴元府任参军，途中因突发疾病而辞世，安葬于洛阳东。其诗作古朴凝重、情深致婉、气势磅礴，多写民间苦难，针砭社会矛盾，故有"诗囚"之称。孟郊的诗现存500多首，大多是短篇五言古诗。其传世名作有《游子吟》《劝学》等，今传本《孟东野诗集》10卷。

游子吟

❖（唐）孟　郊

慈母手中线，游子①身上衣。

临②行密密缝，意恐③迟迟归。

谁言④寸草心⑤，报得⑥三春晖⑦。

注释

①游子：古代将远游旅居的人称作游子。这里指诗人自己。

②临：将要，即将。

③意恐：担心。

④谁言：言，说。谁言，谁说。

⑤寸草心：子女的心意。寸草，小草。心，双关语，既指草木的茎干，也指子女的心意。

⑥报得：报答。

⑦三春晖：本指春天灿烂的阳光，这里形容母爱如春天的阳光般温暖、照耀着子女。三春，旧时把农历正月称孟春，二月称仲春，三月称季春，合称三春。晖，阳光。

赏析

　　有一种爱，是天底下最无私、最仁慈、最宽容、最伟大的爱。这种爱便是母爱。无论我们身在何方，都能感受到那绵延无尽的母爱，而我们最不愿意却又不得不面对的事情就是与母亲分别。本诗描写的正是诗人即将与母亲分别时的情景和感悟。让我们走进诗里，走进诗人的内心世界。

　　开头两句写道："慈母手中线，游子身上衣。""慈母"与"游子"原本骨肉相连、相依为命，可是现在"游子"却要远行了，那么他与"慈母"之间的这种血肉亲情就会断连吗？自然是不会的，诗人用生活中最为常见的"衣"和"线"，将"慈母"与"游子"紧密地联系在了一起。接着再看第三句和第四句，母亲千针万线地"密密缝"最怕什么？最怕儿子"迟迟归"。诗人通过刻画母亲为儿子缝制衣服时的动作和

心理，将母子间的骨肉之情进一步深化。诗前面的四句并没有任何修饰，只采用了白描的手法，但慈母的形象真切感人。可以说，母爱是不用修饰的，但却是最美丽、最打动人心的。接着，咱们再看最后两句，"谁言寸草心，报得三春晖"，这两句采用的是比兴手法，将儿女比作小草，将母爱比作春天的阳光，小草怎么能报答得了天上的太阳呢？那么儿女又怎么能报答得了母爱呢？这样的对比和比喻，寄托着诗人对母亲发自肺腑的爱。这两句诗是诗人直抒胸臆，对母爱尽情的讴歌。

母爱，是天空上最温暖的太阳，无私地奉献着她的光芒；母爱是大地上最肥沃的土壤，尽情地哺育着儿女茁壮成长；母爱是世界上最辽阔的海洋，不求回报地袒露着宽广的胸怀。

你还能再说一说母爱是什么吗？

墨萱图二首（其一）

❤（元）王　冕

灿灿萱草花①，罗生北堂②下。
南风吹其心，摇摇为谁吐？
慈母倚门情，游子行路苦。
甘旨日以疏，音问日以阻。
举头望云林，愧听慧鸟语。

注释

①萱草花：中国的母亲花，早在康乃馨成为母爱的象征之前，它就被用来比喻母亲。椿萱并茂就指父母俱在且身体健康。

②北堂：《诗经疏》称："北堂幽暗，可以种萱。"北堂即有代表母亲之意。古时候当游子要远行时，就会先在北堂种萱草，希望母亲减轻对孩子的思念，忘却烦忧。

赏析

　　有一个问题想问问大家，母亲节时会送什么花给妈妈呢？你们也许会回答是康乃馨。康乃馨成为母亲之花起源于 1934 年 5 月，美国第一次发行母亲节纪念邮票。这件邮票上画着一位母亲，她双手放在腿上，面带微笑地看着花瓶中的康乃馨，从此，人们就将康乃馨与母亲节联系到一起，康乃馨也就成为人们心目中的母亲之花。可是在我国古代，母亲之花并不是康乃馨，而是萱草花。这首诗里写这种花，其实是在写对母亲的感恩。让我们一起看看吧。

　　诗的首联为我们交代了灿烂的萱草花是生长在北堂下面的。这句是写实，告诉了我们萱草花是种植在北堂（母亲的住所方位）。接着又写了南风吹着萱草，它摇摆着是为了谁吐露芬芳？请你们猜猜，它到底是为了谁吐露着芬芳呢？是为自己，还是为孩子？如果猜不出来也没关系，咱们再接着读，就能找到答案了。第三句进一步做了说明：慈祥的母亲倚靠着门，在盼望着孩子归来，她知道远行的游子是多么辛苦啊！所以读到这里，我们就可以回答前面的问题了，"萱草"是在为孩子吐露着芬芳呢。第四句写孩子因为远离亲人，所以对双亲的侍奉每天都在减少，母亲更不能每天都收到孩子的音讯了。那么孩子是怎么做的呢？抬头看着一片云林，慧鸟在天上叫着，可孩子的心却惭愧极了。"仰望云林"运用了细节描写，"愧听鸟语"运用了心理描写和直接抒情，表达了在外的游子对故乡母亲的浓浓思念之情和不能在母亲身边尽孝的愧疚心理。

萱草花是美丽的，在南风的吹拂下默默无私地吐露着幽香，有忘记忧愁的意思。诗人用萱草花暗喻浓浓的母爱，虽说萱草花可以帮助母亲忘忧，但母亲对孩子的牵挂却永远不会停止。

晒旧衣

❖（清）周寿昌

卅①载绨袍②检尚存，
领襟虽破却余温。
重缝不忍轻移拆，
上有慈亲旧线痕。

注释

①卅（sà）：三十。

②绨袍：用粗绨做成的袍子。绨（tì），丝织物类名。

赏析

　　"母亲"与"衣服"，这样的组合我们并不陌生，孟郊的《游子吟》所写的便是母亲在灯下为孩子缝制衣服的场景。这首诗写的也是母亲与衣服，让我们来

读一读，这首诗还写了什么吧。

先看前两句，诗人在翻看旧物的时候，突然发现了一件粗绨面料的长袍还保存在箱柜里，这长袍是30年前母亲为他缝制的。时间已经过了这么多年，这件衣服早就破烂得不成样子了，因为这件衣服被诗人穿过，再加上时间太久了，所以领子和襟袖已经破旧了。虽然如此，诗人却没有打算将它扔弃，如今看着这件长袍思念母亲，还能依稀地感觉出这件衣服上残留着母亲的温度。"余温"两个字，似乎不太符合生活常理，可诗人为什么这样写呢？原来在母亲去世后，诗人对她一直深深地思念着。如今，母亲缝制的这件衣服更激起了诗人对母亲的回忆。母亲生前的音容笑貌，母亲生前的谆谆教诲，母亲生前的慈颜厚爱，瞬间又浮现在了诗人的脑海之中，以至于诗人移情于物，产生了"却余温"的错觉。这里是运用了夸张的修辞手法，传达情感的真实。再看最后两句，这两句诗紧承上面而来，将这种思念母亲的感情又递进了一层。由于领子和襟袖已经破了，诗人便想着缝补一下，可是他真的缝补了吗？并没有。他转念一想，又不忍心轻易地

将旧衣拆开，移换旧布料的位置了。读到这里时，你有没有想起《游子吟》中的"慈母手中线，游子身上衣"的诗句？当年，母亲将对儿子全部的爱都倾注在了一针一线之中，缝进了衣服里，这旧衣上的一针一线对于儿子来说，便是母亲的一颗爱子之心，他怎么忍心和舍得拆断这爱的丝线呢？诗人不忍心拆换，正表明了他对母亲的深切怀念。

本诗以小见大，托物抒情，深挚地表达了诗人对母亲的怀念之情，感人肺腑，读后不能不令我们感动！

卢照邻（约630—680年后），字昇之，号幽忧子，幽州范阳(今河北省涿州市)人。唐代著名诗人。家世显赫，出身礼学世家范阳卢氏，博学能文。起初，卢照邻在邓王(李元裕)府任典签，后调任益州新都县尉，因病辞官。之后，卢照邻因麻疹病痛的折磨，投水自尽。卢照邻爱好诗歌文学，与王勃、杨炯、骆宾王并称为"初唐四杰"。著有《卢昇之集》，明朝张燮辑有《幽忧子集》存于世。卢照邻工诗歌骈文，尤其擅长歌行体，佳句传颂不绝，如被后人誉为经典的"得成比目何辞死，愿作鸳鸯不羡仙"。

兄弟情深

送二兄入蜀

❖ （清）卢照邻

关山①客子②路，
花柳③帝王城④。
此中一分手，
相顾⑤怜⑥无声。

注释

①关山：这里指入蜀的关隘山川。

②客子：旅居异地的人，这里指二兄。

③花柳：古指游玩观赏之地，这里形容当时的京城长安的繁华。

④帝王城：指长安，汉唐时期，许多帝王在此建都。

⑤相顾：相看。

⑥怜：关切同情。

　　二兄要入蜀（成都），来到长安的时候卢照邻带着他玩耍了好几天，长安的盛景大概都尽收眼底了。同游的这段时光如此美好，可又是多么短暂啊！转眼就到了兄弟二人分别的日子。

　　"蜀道难，难于上青天"。古时入蜀之路道阻且长。即使是现在，平原地区的人若自驾去成都游玩，都还是一件痛并快乐的事情。曲折回环、遍布悬崖峭壁的道路足以让人随时想打道回府！唐朝时由长安入蜀，还必须经过秦岭太白山、青泥岭和大剑山、小剑山之间的一条栈道——剑门关，单这一道险关就足以让卢照邻为二兄担心，且不论无人做伴，只身独行了！卢照邻道不尽的保重，二兄是否能体会到呢？

　　两人执手道别，太多的牵挂却无从说起。"相顾"二字将相互间情深意切的目光传神地刻画了出来，而"怜"字则写出了兄弟二人互相惦念的挚爱之情，"无声"二字显示了不可名状的离别之情，颇有"此时无声胜有声"之意。假如有一天你送哥哥去上大学，听

说坐火车得很长时间，路途那么遥远，哥哥却没有家人和朋友的陪伴，万一途中遇到困难该怎么办呢？这样想象一下，是不是更能理解这首诗中诗人对二兄的牵挂、担心之情了呢？

七步诗

❖（三国·魏）曹　植

煮豆持^①作羹，漉^②菽^③以为汁。
萁^④在釜^⑤下燃，豆在釜中泣。
本自同根生，相煎^⑥何^⑦太急？

注释

①持：用来。

②漉（lù）：过滤。

③菽（shū）：豆。这句的意思是说把豆子的残渣过滤出去，留下豆汁作羹。

④萁：豆类植物脱粒后剩下的茎。

⑤釜：锅。

⑥煎：煎熬，这里指迫害。

⑦何：何必。

赏析

　　谢灵运曾这样评价曹植:"天下才有一石,曹子建独占八斗,我得一斗,天下共分一斗。"(《释常谈》)"才高八斗"的成语即由此而来,一般用该词来赞誉才学出众的人。曹丕称帝之后,一直对争封太子之事耿耿于怀,多次想设法除掉亲弟弟曹植。一次,曹丕命曹植七步成诗,否则就要取他性命。面对咄咄逼人的哥哥,曹植自知已经无法开脱了,在悲愤中《七步诗》应声立就。

　　诗中描绘了这样一幅场景:翻腾的锅里煮着一颗颗豆子,锅下面的豆萁噼啪作响、火越烧越旺,锅里面的豆子越煮越烂,煮掉了豆皮,煮烂了豆子,只留下了浓浓的豆汁。这是农村里常见的一个日常生活现象,曹植以"豆"自喻,用"泣"表达遭到哥哥迫害的痛苦。"漉菽"指过滤煮熟后发酵过的豆子,把它制成调味的汁液。"萁"指豆茎,晒干后用来作为柴火烧。萁在放肆燃烧时,煮熟的正是与自己同根而生的豆子,借此暗指兄弟之间逼迫太紧、自相残害,为情理所不容。诗的结尾反诘："本自同根生，相煎何太急？"抒发了曹植内心的悲愤，这显然也是在质问曹丕："我"与你本是同胞兄弟，为什么要如此苦苦相逼？实际上，在萁燃烧煮豆、豆在锅中备受煎熬的过程中，两者是同归于尽，萁并不会获得预期的结果。正所谓"杀敌一千，自损八百"。亲兄弟之间的残害，并没有真正的胜利者。

此诗最妙的设计，在于修辞手法——比喻的运用。把同根而生的萁和豆比喻为同胞兄弟，更将其煮豆滤汁做羹来暗指哥哥对弟弟的迫害以及企图除之而后快的残忍。诗词中直接表达了曹植的不满，也将政治纷争的残酷由浅入深地展现了出来。

亲情故乡

感念

想念家人

月 夜

❖（唐）杜 甫

今夜鄜州①月，闺中②只独看③。
遥怜④小儿女，未解⑤忆长安。
香雾⑥云鬟⑦湿，清辉⑧玉臂寒。
何时倚虚幌⑨，双照⑩泪痕干。

注释

①鄜（fū）州：今陕西省富县。当时杜甫的家人在鄜州的羌村，杜甫远在长安。

②闺中：内室。

③看，读平声 kān。

④怜：想。

⑤未解：尚不懂得，还不知道。

⑥香雾：雾本来没有香气，因为香气从涂有膏沐（古代妇女润发的油脂）的云鬟中散发出来，所以说"香雾"。

⑦云鬟：古代妇女的环形发饰。

⑧清辉：阮籍诗《咏怀》其十四："明月耀清辉。"

⑨虚幌：幌，帷幔。虚幌，透明的窗帷。

⑩双照：与上面的"独看"对应，表示对未来团聚的期望。

赏析

  安史叛军攻陷长安之后，唐肃宗即位。至德元年八月，杜甫携家眷逃难至鄜州，把家人安置在羌村之后，杜甫只身投奔肃宗，一心为国效力。不料在途中被安禄山叛军所俘，押往长安。身陷叛军领地，安危难测。夜深人静，离乱之痛和内心之忧充塞了心头。

  鄜州今夜的明月，内室倚窗独望的是"我"那忧心忡忡的爱妻呀！儿女尚小，怎能懂得妻子"忆长安"的忧思？可怜了"我"的妻子，和"我"一同在长安忍饥受寒，数夜观赏长安的明月，为国忧虑。逃难到了羌村，咱们还同看鄜州之月、共忆长安的往事。此前我们彼此商量，互相依靠；本以为报国之路就在眼前，怎奈如今却深陷乱军之中，只留爱妻一人"忆长安"。其中的辛酸更与何人说？今夜的你不止是思念着"我"，更是为"我"忧虑，我们尚且如此，深受战乱之苦的百姓又能好到哪里去呢？望月愈久而忆念愈深，不觉夜渐清冷，蒙蒙的雾气也许早已沾湿了爱妻的鬓发，清冷的月光映着妻子的玉臂。妻子夜深不寐为"我"忧思，长安月下的"我"也难免伤心落泪。两地看月的我们，泪痕余温还在。何时能团聚，双双依偎在薄帷前，共赏和今天一样的明月，让月光照干我俩两地相思的泪痕呢？

　　望月怀远是亘古不变的话题，诗人则身临其境，穿越到了鄜州，体验着妻子的重重忧思。这种创作方式，妙在从对方那里生发出自己的感情，尤被后人当作法度。全诗主旨婉切，明白如话，感情真挚，没有被律诗束缚的痕迹。

亲情故乡

感念

采薇（节选）

❖《诗经·小雅》

昔我往矣，杨柳依依①。

今我来思，雨雪霏霏②。

行道迟迟，载渴载饥。

我心伤悲，莫知我哀！

注释

①依依：形容柳丝轻柔，随风摇摆。

②霏霏：纷纷下落的样子。

赏析

　　战争，从古至今都是文人们常用的写作素材。从一些诗作里，我们见识了战争的残酷性。这首古诗写的也是战争，下面就让我们一起来赏析吧。

前面四句是写景记事，但也是抒情伤怀。这里就要说到"生活的意义"这个话题。我想问问大家，你们认为生活的意义是什么？有的人会说做自己想做的事，有的人会说为祖国做贡献……说起这个话题，每个人都会有不同的答案。那么我还想问问，战争中能体现出生活的意义吗？答案是不会，不仅我们认为不会，就连诗中那些参加过战争的士兵也会觉得不会。不信我们接着看，在"今"与"昔"、"来"与"往"、"雨雪霏霏"与"杨柳依依"的情境变化中，这些士兵也深刻地体会到了战争是多么残酷，它只能白白地虚耗时光、让许多人丧失生命，也否定了生活的全部意义。"行道迟迟，载渴载饥"，写出了归路漫长无边际，道路又十分难走，行囊里空荡荡的什么都没有，又饿又渴又累，这种生活更加深了士兵的忧伤。"行道迟迟"也包含着士兵对父母妻儿的担忧之意。一别许多年，也不知道他们过得怎么样了。这种悲伤的心情在雨雪霏霏的旷野中更显得凄惨无比，可谁又能知道呢？谁

又来安慰他们呢？"我心伤悲，莫知我哀"，"我"满心伤感、满腔悲痛。"我"的哀痛谁能体会！全诗在这孤独无助的悲叹中结束。

战争是残酷的、无情的，但愿世界能早日铸剑为犁，让和平的阳光洒满大地，世界永远没有战争！

望月怀远①

❖（唐）张九龄

海上生明月，天涯共此时。
情人②怨遥夜③，竟夕④起相思。
灭烛怜光满⑤，披衣觉露滋⑥。
不堪盈手⑦赠，还寝梦佳期。

注释

①怀远：思念远方的亲人。

②情人：多情的人。

③遥夜：长夜。

④竟夕：通宵，即一整夜。

⑤怜光满：爱惜满屋的月光。怜，爱。

⑥滋：湿润。

⑦盈手：意为双手捧满。盈，满。

赏析

　　在我国古代文学作品中，借明月来寄托对亲人、故乡思念之情的方式是很常见的，这种情感也是很真挚、很浪漫的。想一想，你如果在旅途中或是客居异乡，形单影只、内心孤独，因思念家人、故乡郁结之情难以排遣，此时若是皓月当空，便仿佛可以通过月光来传达自己的思念之情，以此稍解一些相思之苦。因为月光普照，既照着自己，也照着自己思念的人和故乡。张九龄的这首《望月怀远》便是这类诗歌的代表。

　　"海上生明月，天涯共此时。"此时明月正从海上升起，诗人在此欣赏月色的时候，想起了亲人。诗人因此想象对方也会欣赏到今晚的月色。"天涯共此时"，虽然天涯各一方，但因为明月的存在一下子把这种距离拉近了，虽相隔天涯，但此时却能够在同一时刻观望同一轮明月。

　　望月虽可以排遣一些相思之苦，但有情之人怎会满足于此？"情人怨遥夜，竟夕起相思。"有情之人

怨恨漫漫的长夜，整个晚上都充满了相思之情而不知怎样挨下去。

"灭烛怜光满，披衣觉露滋。"因爱惜月光的明亮而把蜡烛吹灭，因感到露水太浓而披上衣服。我们在看到美好的事物时，总是想与最亲近的人一起分享。如今诗人看到这样皎洁美好的月光心情也是这样。"不堪盈手赠，还寝梦佳期。"然而月光却不能够捧在手中以此来馈赠，那就只好回到房中努力睡去，期望在睡梦中能够梦到对方吧。结尾既充满了想象，又余情无限，很是耐人寻味。

归 家

❖（唐）杜 牧

稚子牵①衣问，
归来何太迟。
共谁争②岁月，
赢得鬓边丝③。

注释

①牵：拉着。

②争：争夺。

③丝：银发。

赏析

　　家是我们温暖的港湾，不论我们在外面受到了怎样的委屈，到了家里一切都会烟消云散；家是一本厚

厚的书，里面写着我们的故事，开心、心酸，里面都有；家是天上耀眼的阳光，照在身上暖融融的；家还是指南针，指引着我们走向正确的方向。这首诗的题目是"归家"，就是指诗人回到了家中。回家了啊，想想都是件令人开心的事。让我们与诗人一起分享他的快乐吧！

诗的前两句，诗人写儿子拉着衣服问"我"，为什么"我"回来得这么迟啊。想一想，如果你们的爸爸妈妈回来晚了，你们是不是也会这么问他们？这两句诗切合生活实际，很容易引起共鸣。同时也写出了儿子的天真与可爱，用来衬托后两句诗人的沉思。面对儿子的提问，诗人是怎么回答的呢？让我们再看后两句，诗人说"我"和谁在争夺岁月呢，赢得了双鬓边上的银发。那么诗人为什么要这么说？按照我们的理解，诗人应该说他是因为在做什么事而耽搁了呀，可是他却没有这么说。这后面两句其实是诗人的自问，自己在官场上也已经很多年了，想让自己扬名天下，想让自己和家人的生活过得更好一些。可是不知不觉中人已经渐渐老了，双鬓都添了银丝。这里，诗人实际是抒发了自己对"岁月"的感叹。"赢得"二字更是刻画出了诗人在安详中略带着一丝苦笑的神情。

　　不知不觉间，我们已经慢慢长大，可父母却一天一天衰老。没有他们辛苦的付出，就没有我们现在的幸福生活。读了本诗后，让我们对他们说声谢谢吧！

木兰诗（节选）

❖ 北朝民歌

昨夜见军帖①，可汗②大点兵③，军书十二卷④，卷卷有爷⑤名。阿爷无大儿，木兰无长兄，愿为市鞍马⑥，从此替爷征。
…………

归来见天子⑦，天子坐明堂⑧。策勋十二转⑨，赏赐百千强⑩。可汗问所欲⑪，木兰不用⑫尚书郎⑬，愿驰千里足⑭，送儿还故乡。

注释

①军帖：征兵的文书。

②可汗：我国古代西北地区少数民族对君主的称呼。

③大点兵：大规模征兵。

④军书十二卷:形容征兵的名册很多。十二,不是确指,表示数量多。

⑤爷:同下句的"阿爷",都指父亲。当时北方把父亲叫作"阿爷"。

⑥愿为市鞍马:为,为此(指代父从军)。市,买。鞍马,马匹和乘马用具。木兰愿意替父从军,并为此去集市上买马匹和马鞍。

⑦天子:即上文所说的"可汗"。

⑧明堂:一种殿堂,皇帝一般在此进行祭祀、选拔、接见诸侯等事务。

⑨策勋十二转:记很大的功。策勋,记功。转,勋位每升一级叫一转,十二转为最高的勋级。

⑩赏赐百千强:赏赐很多的财物。百千,形容数量多。强,有余。

⑪问所欲:问(木兰)想要什么。

⑫不用:不做,不为。

⑬尚书郎:官名,尚书省的官。尚书省是古代朝廷中管理国家政事的机关。

⑭千里足:可驰千里的脚力,指好马。一作"愿借明驼千里足",都是愿得良骑速回故乡的意思。

赏析

　　古代的人们普遍重男轻女，女人只能在家里相夫教子。可是却有一位名叫木兰的奇女子，她女扮男装，替父从军，在战场上屡立战功。谁说女子不如男？赶快往下阅读《木兰诗》吧。

　　第一句就写出了木兰的父亲为什么要参军的原因。因为敌人大举侵犯，朝廷的兵不够用，所以就连夜把征兵文书发到了应征的人家。"夜"字可以看出军情十分火急。再看第二句，"十二卷"说明征兵名册之多，卷卷有她父亲的名字是夸张的写法，但也可以看出要她父亲应征入伍这事千真万确而且是非去不可的。那么最后去的为什么会是木兰而不是她的父亲呢？这是因为父亲的年事已高，怎么可以上战场啊！他也没有大一点儿的儿子可以代他去。可现在敌人来犯，国家又需要他，面对这双重的考验，木兰最后挺身而出，她愿意代替父亲从军征战。木兰真是一个好女儿，她代替父亲从军，不仅是对父亲的一片孝心，也是对国家的忠心，这是"天下兴亡，匹夫有责"。

节选的《木兰诗》省略了木兰作战中的艰难，直接写了她征战回来后的场面。木兰凯旋了！这多么令人激动、多么令人欣喜啊！"策勋十二转，赏赐百千强。"可以看出木兰战功卓著，天子给她的赏赐很多。再往后面看，天子问木兰还想要什么？如果换作别人，可能会说要金银珠宝，或者要做大官，可是木兰什么都不要，她只想辞官回到父母的身边。木兰这种可贵的品质是多么令人敬佩啊！她值得我们每一个人学习。

读过这首诗后，你有怎样的感悟呢？请与朋友、家人说一说吧。

秋 思

❖（唐）张 籍

洛阳①城里见秋风，
欲作家书意万重②。
复恐匆匆说不尽，
行人③临发又开封④。

注释

①洛阳：今河南省洛阳市，唐朝的东都，是当时闻名世界的繁华都市。

②意万重：极言思绪千头万绪。万，虚数，指很多。

③行人：远行的人，这里指离开

洛阳去诗人家乡的人。

④开封：打开已经封好的信封。

赏析

　　木心在《从前慢》中说："从前的日色变得慢，车，马，邮件都慢，一生只够爱一个人。"在诗人生活的年代便是如此，游子和家乡的亲人联系，大部分情况下，只能靠顺路的人捎信回乡。张籍客居洛阳的时候，恰好就有一个这样的好机会。

　　"洛阳城里见秋风"，秋风习习，很快便散遍了整个洛阳城。街道上热闹喧嚣，自己孤身在外，不知家中的亲人是否安康？"欲作家书意万重"，思绪万千，想要把对亲人的挂念与亲人沟通。欲归不得，只能修一封家信来寄托浓烈的乡思。

　　"复恐匆匆说不尽"，本来时时刻刻在心里想着、念着，但真要拿起笔写家书的时候，反而不知道从何下笔，也不知道从何说起，积累的思念太久，头绪太多了。细细品味，挑灯夜战的家书自然已经把话都说尽了。然而"行人临发又开封"，帮忙捎信的人马上就要出发了，又忍不住拆开了缄上的信封，反复地再斟酌几遍，看看有没有什么话可以补充。诗人当然不是没有写完家书，甚至给信缄口之前不知道修改了多少遍。决定把信封上时，已经是一封完整的信了。只是书信再长，也言语有限，悠长而浓烈的相思怎能写尽？即使拆开信封，也不一定就要补充什么了。这就如同一个成绩斐然的孩子在考数学卷，验算多次确保无误了，交卷之前还是会忐忑地检查最后一遍，以免出现不该有的扣分情况。不过是太想完美的微妙小心思罢了！

全诗看似只平铺直叙地讲述写封家书请人带回去的事，没有说一句思念亲人的话，但其实尽在不言中：带信的人即将出发时，又匆匆拆开，反复检查的动作中，早已透露出诗人浓浓的思念之情。虽然诗人描写的是极为平常的小事，但每每读到此处，却常能触发我们感同身受的情思。

岑参（约715—770年），荆州江陵（今湖北省江陵县）人，唐代诗人，与高适并称为"高岑"。他出生在一个官僚家庭，5岁读书，9岁便开始创作文章。天宝三载（744年），进士及第，授率府兵曹参军，两次随军前往边塞。唐代宗时，曾任嘉州(今四川乐山)刺史，故有"岑嘉州"之名。约大历四年（769年）秋冬之际，逝于成都，终年52岁。他在文学创作方面工诗，擅长七言歌行，诗歌想象力丰富、热情奔放。因对边塞风光、军旅生活以及异域文化风俗有亲身的感受，岑参创作了大量的边塞诗，代表作有《白雪歌送武判官归京》《逢入京使》等。

逢入京使①

❖（唐）岑 参

故园东望路漫漫②，
双袖龙钟③泪不干。
马上相逢无纸笔，
凭④君传语⑤报平安。

注释

①入京使：回京城长安的使者。

②漫漫：形容路途非常遥远。

③龙钟：泪流纵横的样子。卞和《退怨之歌》："空山歔欷泪龙钟。"
这里意为沾湿。

④凭：请求，烦劳。

⑤传语：捎口信。

亲情故乡感念

赏析

　　岑参第一次远赴西域任职，告别了京城的妻儿，踏上了漫漫征途。一个人在路上不知道走了多久，离家越来越远，他渐渐失去了对前途的渴慕，想念慢慢吞噬着他的身心。一天，岑参遇到了一个旧识，他乡遇故知乃人间喜事，两人立马而谈，互诉衷肠。了解对方此行是回京述职之后，诗人随即表示希望他帮自己捎封家信回去。

　　踏上西域的旅途让人劳累，道路荒凉而偏远。"故园东望路漫漫，双袖龙钟泪不干。"诗人回望来时的路，漫漫无尽头，不免想起了家乡的妻儿和繁华的京城。步步西行，只会离家越来越远，此行出塞任职，不知何时才能再回到长安了。铁汉柔情，思乡的泪水如决堤的洪水倾泻而出，用衣袖拂去泪水，很快就沾湿了衣袖，泪水还在止不住地流……

　　幸运的是，在奔赴上任的途中，诗人邂逅返京述职的故人，但马背上的两人都有要职在身，走马相逢，一个将继续西行，另一个则东归长安。"马上相逢无纸笔，凭君传语报平安。"行色匆忙，没有纸笔，也顾不上写信了，那就劳烦故人给家里带个口信，把平安的消息传递给家人吧！诗人随性洒脱，但心情却极为复杂，一方面是从军报国的雄心，另一方面则是男儿眷恋故乡、思念亲人的柔情。豪迈与柔情的交织中，呈现的是一个立体化的"铁汉"形象。

　　岑参一生的军旅生活就此展开，政治和文学上的成就也翻开了新的篇章。诗人善于摄取生活的镜头，将许多人心头所想、口里想说的话，别出心裁地呈现出来，在保留生活情趣的同时，还富有人情味。此诗的军旅特色也极为典型，自然述写之中，还给人以新鲜之感。

渡汉江①

❖（唐）宋之问

岭外②音书断，
经冬复历春。
近乡情更怯，
不敢问来人③。

注释

①汉江：汉水。长江最大支流，发源于陕西，经湖北流入长江。

②岭外：岭南。通常指五岭以南的广大地区。唐代常作罪臣的流放地。

③来人：指从家乡来的人。

赏析

当一个人背井离乡的时候，最渴望的便是得到家人的消息。如今，我们随时随地可以利用网络与家人语音、视频、发信息，轻而易举就能知道他们过得好不好。对于古代诗人宋之问来说，这却是一件难于上青天的事。

英国诗人雪莱在《西风颂》中有这样的经典诗句："如果冬天来了，春天还会远吗？"春天即将来临，给人们带来的是鼓舞和希望。当时，宋之问因结交张易之被贬岭南一带，那里地处偏僻、交通不便。"岭外音书断"，贬斥蛮荒之地，实在悲苦不已；和家人音讯断绝，生死未卜更让宋之问难以承受。"经冬复历春"，经冬历春，熬过的这段时光是如此漫长。对家乡、亲人的担忧和想念，时刻占据着诗人孤独的心。尤其是诗中的"断"和"复"，将诗人困居贬所后与世隔绝的凄苦境地，难以承受的精神痛苦，刻画得入木三分。

人间团聚的春日已经到来，逃亡归途中的诗人内心五味杂陈。"近乡情更怯"，越接近家乡，心中就越是胆怯，甚至到了一种担惊受怕的程度。"不敢问来人"，路上遇到从家乡那边来的人，都不敢向他们询问家里的情况。很多人会觉得这不太合乎常理，但这与诗人此时特殊的处境有密不可分的关系。贬居岭外的这段时间，诗人完全与家人失去了联系，思念家人的同时，更担心家人的命运，唯恐家人受到连累而遭遇不幸。渡过汉江，洛阳就在眼前，心里推演过的各种可能在询问路人之后，就会得到证实。无论好坏，诗人都没有足够强大的心理去承受它。"情更怯"却"不敢问"尽情地倾诉出了诗人的矛盾心理和痛苦心情。

　　时隔千年，品味此诗，让我们体会到了一个长期客居异乡、久无家中音信的人，在离家乡很近时所产生的一种特殊心理，这种状态足以让人共情。

心系家乡

宿建德江①

❖（唐）孟浩然

移舟②泊③烟渚④，
日暮客⑤愁新。
野旷天低树，
江清月近人。

注释

①建德江：新安江流经建德（今属浙江省）西部的一段。

②移舟：指划船。

③泊：停靠。

④渚：水中小块陆地。烟渚（zhǔ）：指江中雾气笼罩的小沙洲。

⑤客：指诗人自己。

亲情故乡
感念

赏析

　　孟浩然是唐代著名的山水诗人，一生喜好游览山水。然而即使如孟浩然般潇洒，在旅途中也常常会有客旅的离愁之感和淡淡的乡愁。

　　这一天，孟浩然乘船行至建德一带，一路上新安江的风光尽收眼底。"移舟泊烟渚"，天色不早了，船家把船停泊在烟雾迷蒙的小沙洲岸边，打算在这里过夜了。"日暮客愁新"，孟浩然站立在船上，看见日已西斜，已到黄昏时分。而黄昏时分总是更容易引起人的伤感。何况孟浩然客旅在外，又有着诗人特有的敏感，此时独对黄昏又怎会没有对故土的思念呢？此刻，夜幕渐渐降临，然而客旅的离愁却刚刚涌上心头，长夜漫漫，这愁情又怎能挨到天明时分呢？

　　"野旷天低树"，极目望去，只见平野如此空阔辽远。而由于空间广远，天幕低垂，好像和对木相连，低低地，仿佛天比树还要低。

"江清月近人"，新安江的江水清澈见底，可以清晰地看到天上的明月映到了水中。天上的明月虽然姣好，但却相隔万里之遥，而水中的明月因为江水清澈而清晰可见，因而仿佛和诗人的距离非常近，近到几乎一弯腰、一伸手就可以将它捞上来似的。这里诗人虽没有通过水中的明月来寄托乡思、排遣忧愁，但却是不写而写，水中之月给诗人的亲近之感，给客旅诗人以慰藉和温暖。在这广袤而宁静的宇宙之中，诗人经过一番上下求索，终于发现了还有一轮孤月此刻和他是那么亲近，寂寞的愁心似乎寻得了慰藉。"野旷天低树，江清月近人"，这种极富特色的景物，只有人在舟中、在客旅中才能领略得到。

夜书所见

❖（宋）叶绍翁

萧萧①梧叶送寒声，
江上秋风动客情②。
知有儿童挑③促织④，
夜深篱落⑤一灯明。

注释

①萧萧：风声。

②客情：游子的思乡之情。

③挑：挑弄、拨动。

④促织：俗称蟋蟀，有的地方又叫蛐蛐。

⑤篱落：篱笆。

赏析

　　每逢夜幕降临，放下繁杂的事务，人们的思绪便开始活跃起来了。不妨回顾一下，当你闲暇之余，都在做什么呢？有人可能和朋友去游乐场，也有人可能会约上三五好友去电影院观看电影。古人可没有这么多好玩的，那些漂泊无依、居无定所的游子，万籁俱寂的时候尤其孤独。深秋之夜，孤独感席卷了诗人叶绍翁，触景生情，他便写下了这首诗。

　　深秋时节，早已草木凋零、百卉衰残。"萧萧梧叶送寒声"，呈现在叶绍翁眼前的只剩瑟瑟飘舞的梧叶，原本寂静的夜因秋风而"送"来了阵阵寒意，夏去秋来，夜间愈发清冷萧索。"江上秋风动客情"，秋风途经寒江，江船上的诗人不禁打了个寒战。秋意清冷，"我"心更寒啊！听说晋人张翰，在洛阳做官时，见秋风起，思念故乡的莼菜羹和鲈鱼脍，于是辞官还乡，了却心愿。此时，叶绍翁耳闻秋风之声，牵动了旅中情思，也怅然欲归。

　　"知有儿童挑促织，夜深篱落一灯明。"夜色茫茫，闪现在篱落间的灯火忽明忽暗，细细瞧来，两个孩童在兴趣盎然地玩耍；蛐蛐斗劲正足，不时发出得意的鸣叫。孩子兴致正浓，玩得不亦乐乎，全然忽略了"我"的存在，笑声在天空中回荡着，打破了夜的沉静。眼前的一切是多么熟悉，遥想当年，叶绍翁也会在忙碌了一天之后，和小伙伴斗蟋蟀，赢家可以指派败将做任何一件事儿呢！一晃几十年过去了，诗人已两鬓斑白，捋捋胡须，他陷入了沉思……

随着诗人的镜头，我们眼前浮现的大概是一位江船上站立的中年男子，低头沉思不语。远处的灯火还在忽闪着，笑声也渐渐消失在了茫茫的夜色当中。今夜做一个美梦，梦里是一群正在斗蟋蟀的小孩儿。诗人的嘴角微微上扬，这一切是多么美好！

山　中

❖（唐）王　勃

长江悲已滞①，
万里念将归②。
况属③高风④晚，
山山黄叶飞。

注释

①滞：一说淹留；一说停滞，不流通。

②念将归：一心想归乡，但无法成行。

③况属：何况是。属，恰逢，正当。

④高风：山中吹来的风。一说秋风，
指高风送秋的季节。

　　说起王勃，大家的第一反应多是他乃"初唐四杰"之一。王勃素有"诗杰"之称，幼年时就非常聪慧，6岁能作诗，文笔流畅；未至弱冠便进士及第，步入仕途；其才华横溢的诗作，曾多次得到唐高宗的赞许。后因《斗鸡赋》惹祸，被逐出了沛王府。在蜀地游玩途中，他作下了此诗。

　　南国物候丰富，但这也给诗人增添了乡思和烦忧。"长江悲已滞"，长江之水，奔腾不息，此时却在为"我"的悲伤停滞不流；面对蜀地的大好风光，诗人为何有此感慨？"万里念将归"，远游万里的人，思念着故乡，期盼早日踏上归途。原来，悲伤地滞留此地的并非长江，而是诗人自己呀！远在他乡的游子，深切地盼望着万里归程。

　　"况属高风晚，山山黄叶飞。""属"是恰逢之意，"高风"则是山中吹来的风，多指秋风。正逢高风送秋的傍晚时分，秋色重重，漫山的黄叶在肆意飞舞。长期漂泊，离家千里之外，让诗人在目睹这深秋时节

之际，哀怨感叹。落叶归根，归家的群体中，唯独没有自己，无限的愁思涌上心头。诗词中并没有直接表现浓厚的情感，但在景物刻画的过程中，诗人已经把难以排解的情感融合在万物衰败的秋景中了。此情此景皆同自己而悲愁。

这首五言绝句简练而精美，诗人在凄凉萧瑟的深秋中，绘制了一幅意境悠远的水墨丹青画。画中孤独的自己只是沧海一粟，无限的乡思与周遭归家的万物格格不入，悲凉浑壮的气势一挥而就。诗歌的尾声依然在绘景，情在景中藏，彼此渗透、融合，深秋的风也为诗人的旅思增添了感染力。诗中虽语尽而意无穷，其中情思就由我们自己咀嚼品味吧！

马致远（约 1251—1321 年），字千里，号东篱，元大都（今北京市）人，原籍河北省东光县马祠堂村。与关汉卿、郑光祖、白朴并称"元曲四大家"。他因创作《天净沙·秋思》而被称为"秋思之祖"，所作杂剧流传至今有 15 种，《汉宫秋》是其代表作；散曲 120 多首，有辑本《东篱乐府》。马志远年轻时热衷功名却仕途坎坷，中年中进士，后在大都任工部主事。晚年不满时政，隐居于杭州，以衔杯击缶自娱，最后病逝于至治元年（1321 年）。

天净沙·秋思

❖（元）马致远

枯藤①老树昏鸦②，
小桥流水人家③，
古道④西风⑤瘦马⑥。
夕阳西下，
断肠人⑦在天涯⑧。

注释

①枯藤：枯萎的枝蔓。

②昏鸦：黄昏时归巢的乌鸦。昏，傍晚。

③人家：农家。

④古道：已经废弃不堪再用的古老驿道（路）
或年代久远的驿道。

⑤西风：萧瑟、寒冷的秋风。

⑥瘦马：骨瘦如柴的马。

⑦断肠人：形容伤心悲痛到极点的人，这里指漂泊异乡、极度忧伤的旅人。

⑧天涯：远离家乡的地方。

赏析

秋收时节，农人们日出而作，日落而息，日复一日地忙碌着，身体的疲惫总会在丰收的喜悦下一扫而光。天边的夕阳正缓缓落下，晚霞环绕。不远处是一株枯藤缠绕的老树，枝头上几只乌鸦守在巢边，发出凄厉的哀鸣，瞬间就打破了这沉寂的傍晚。忙碌了一天的农人，舒缓舒缓筋骨，扛着农具回到了温馨舒适的家里。小儿子捧着温度适宜的茶水递给了爸妈；炊烟袅袅，那是大女儿在做饭呢！饭菜真香，院里的小狗一会儿驻足使劲地深吸一口气；一会儿奔跑到门口，往门缝里探着脑袋，恨不得把门撞开了闯进去大口尝尝。小桥下，流水潺潺，桥边的石板很光滑，也许它已在这儿陪伴了这户人家好几代了吧！

脚下这荒凉的古道上，瘦马耷拉着脑袋，顶着西风艰难地前行。刚离家时的那匹高大肥壮的骏马，如

今已消瘦成这般模样！

　　伴着瑟瑟的秋风，马致远踽踽独行。落日西逝，暮霭笼罩，颠沛劳顿的马致远今夜寄宿何处？明日又该往何方去呢？热衷功名的他，这一生无论情愿与否，这孤寂的苦旅还将继续下去。诗人自己也无法回答：到底是该陪伴在家人左右，还是应该继续追寻自己的前程。只好满怀愁绪地徘徊在漫漫的古道上……比起饥肠辘辘的身体，更加让人难以言表的是那浓浓的离愁。诗人仰天长叹：正在飘零的是"我"这漂泊天涯、极度悲伤的游子啊！

　　整曲小令，短短 28 个字，描绘出了一幅凄凉动人的秋郊夕照图：萧瑟的景色让人满目凄凉，而安详又温馨的小桥、流水、人家作反衬，使愁情更为深切，悲伤更为凄怆。写景之妙尽妙于此也！"秋思之祖"实至名归。

泊船①瓜洲

❖（宋）王安石

京口②瓜洲③一水④间，
钟山⑤只隔数重山。
春风又绿江南岸，
明月何时照我还。

注释

①泊船：泊，停泊。指停泊靠岸。

②京口：古城名。故址在江苏省镇江市。

③瓜洲：镇名。在长江北岸，扬州南郊，即今扬州市南部长江边，京杭运河分支入江处。

④一水：一条河。古人除将黄河特称为"河"，长江特称为"江"之外，大多数情况下称河流为"水"，如汝水、汉水、浙水、湘水、澧水，等等。这里的"一水"指长江。一水间指一水相隔之间。

⑤钟山：在江苏省南京市区东。

赏析

　　从政为官、为国尽忠大概是每个读书人的宏愿，考中后能入朝谋事，自然是一腔热血把国报！王安石就是这样一个极有政治抱负的官员，但他为了推行自己的变法，得罪了不少旧势力，所以他曾两次被迫辞去宰相的官职。泊船靠岸，吟出千古名句的故事就发生在他进京拜相的路上。

　　离开京口，泛舟江上似乎已经走了很远。当王安石伫立在瓜洲渡口，放眼南望的时候，却意外看到了自己的家乡。诗词中的"一水间"足以形容舟行迅疾，顷刻就能到达对岸。

　　诗人早年间被罢相，闲居钟山金陵。"数重山"的背面，只见峰峦重叠，绵延不断，伸展到远方，最后被云雾所遮裹，看不到夕阳外的钟山。但这并不遥远，"只隔"已让我们切身感受到距离近在咫尺。视线

一转,岸边春风轻拂,青草随之舞动。诗人兴之所至,马上吟道:"春风又到江南岸。"可王安石哪能满意,尝试着改了不少字,比如"过""到""临""吹"等,始终觉得差点意思。一时之间竟有江郎才尽之感,只能作罢。诗人长时间地回望,不觉之间,一轮皓月早已挂上枝头。隔岸的景物早已消失在朦胧的月色之中,而对钟山的思念却愈益加深。这思乡之愁和推行新政的政治抱负让诗人愁苦不已,但他坚信自己投老山林,终将会到来。

对于"春风又到江南岸",诗人一直记挂心头。过了几天,家乡人送来了两坛四季香酒,一问一答之间才得知,这陈酿的家乡酒竟应时变幻而大有差异。兴奋之余,马上令家仆打开酒坛,异香扑鼻而来,喝上几口之后心旷神怡,江南春意盎然的大好风光唤醒了诗人的才思,王安石眼前一亮,吟道:"春风又绿江南岸。"不久之后,王安石返京再次为相,佳句早已传遍京城,四季香也摇身一变更名临川贡酒。可谓"一酒酿佳诗,千古传美名"啊!

亲情故乡

感念

长相思

❖（清）纳兰性德

山一程①，水一程，身向榆关②那畔③行，
夜深千帐④灯。

风一更，雪一更⑤，聒⑥碎乡心梦不成，
故园⑦无此声。

注释

①程：道路、路程。

②榆关：即今山海关，在今河北秦皇岛
东北。

③那畔：即山海关的另一边，指身处关外。

④帐：军营的帐篷，千帐形容军营之多。

⑤更：旧时一夜分五更，每更大约两小时。风一更，雪一更，指的
是整夜风雪交加。

⑥聒（guō）：声音嘈杂，这里指风雪声。

⑦故园，这里指北京。

这一年，清圣祖康熙皇帝出巡，词人纳兰性德作为贴身侍卫跟随皇帝出巡。这首词就是写词人远离家乡的感伤心情。

"山一程，水一程"，写出旅程的艰难曲折，遥远漫长。词人翻山越岭，登舟涉水，一程又一程，愈走离家乡愈远。"身向榆关那畔行"，点明了行旅的方向。词人在这里强调的是"身"向榆关，那也就暗示出"心"向京师，它使我们想到词人留恋家园，频频回首，步履蹒跚的情景。这里借描述周围的情况而写心情，实际是表达纳兰对故乡的深深依恋和怀念。"夜深千帐灯"既是上阕感情酝酿的高潮，也是上、下阕之间的自然转换，起到承前启后的作用。经过日间长途跋涉，到了夜晚人们在旷野上搭起帐篷准备就寝；然而夜深了，"千帐"内却灯光熠熠，为什么羁旅劳顿之后深夜不寐呢？

"风一更，雪一更"，两个"一"字说明了风不停

地刮，雪也不停地下，暗示出词人无法入睡，思念之情是那样深切。"聒碎乡心梦不成"，陪皇帝出巡在外的词人无时无刻不牵挂着故乡，无心欣赏漫天飞舞的雪花，早早就躺下，期望着做个好梦，能够梦回家乡与亲人团圆。然而天公却不作美，风不停地刮，雪不停地下，搅扰得词人无法入眠。"故园无此声"，词人不禁发出了感叹：自己的家园哪里有这样的风雪、哪里有这样的苦寒、哪里有这样的聒噪之声！此句感叹将词人那种羁旅异乡之情刻画得淋漓尽致。

商山^①早行（节选）

❖（唐）温庭筠

晨起动征铎^②，
客行悲故乡。
鸡声茅店月，
人迹板桥霜。

注释

①商山：山名，又叫尚阪、楚山，在今陕西省商洛市东南山阳县与丹凤县辖区交汇处。大中（唐宣宗年号）末年，诗人曾离开长安，经过商山。

②动征铎（duó）：震动出行的铃铛。征铎，车行时悬挂在马颈上的铃铛。铎，大铃。

赏析

　　"未晚先投宿，鸡鸣早看天"这句古话，说的是出门在外，趁着天色未晚就该早早地找旅店住下；天明鸡叫的时候就要起床，抓紧时间赶路。晚秋早行的旅人，便是这样的出行状态。

　　"晨起动征铎"诗句中"晨起"点题"早行"，"征铎"是马颈上悬挂的铃铛。清晨起床，旅店的里里外外早已经叮当作响，车马的铃铎声清脆响亮；出行的旅客们忙碌地套马驾车的身影大概正在嘈杂之中穿梭着。"客行悲故乡"，出门踏上旅途的人啊，还一心想念着自己的故乡。诗人吐露的心声，更是广大旅客的难言之隐。古时交通不便，身处异乡就如水中浮萍，无根漂浮，所以人们大多怯于远行。"悲"字则表明客人们离家远行、归乡之路遥遥无期的悲凉心境。

　　"鸡声茅店月，人迹板桥霜"这两句是整首诗里最脍炙人口的名句。把诗句拆分之后，每个字都是名词，运用定语加中心词的方法组成的就是：鸡声、茅店、月；人迹、板桥、霜。白描的手法我们早已在马致远的《天净沙·秋思》中见识过，它能增强画面感，让事物具体化，给读者提供一种身临其境的体验。鸡鸣声高亢嘹亮打破了夜的沉寂，残月未落，茅店中歇脚的旅客睡眼惺忪，起床后开始收拾行囊，准备赶路；板桥上的秋霜很凌乱，上面早已布满脚印。没想到早早就起床出发的诗人，与其他的旅客相比，还是算不上早行。路途中的所见所思，形象生动，虽是千年之前的事儿，在文字的重现下，依然历历在目。

诗歌未选入的部分，主要描绘了路上的景色以及昨夜梦中的故乡，照应了思乡主旋律的同时，梦中的仙境与眼前所见也形成了鲜明的对比。我们今日的"早行"，虽不再像古时那么艰苦，但身处异乡的孤苦和思乡之情却是一样的。

随园诗话·飞云倚岫心常在

❖（清）许明府

飞云倚①岫心常在，
明月沉②潭影不流。
明月有情应识③我，
年年相见在他乡。

注释

①倚：倚靠。

②沉：沉入。

③识：认识。

赏析

　　在欣赏本诗前，先向大家介绍一下《随园诗话》。它是清代诗人袁枚的代表作，里面包含了诗的方方面面。比如诗人的先天资质，后天的读书学习及社会实践；从写景、言情，到咏物、咏史；从立意构思，到谋篇炼句，等等。而本诗是许明府所写，被袁枚收录在了《随园诗话》中。这也是一篇思乡诗，我们读古诗，大多读的是唐朝的诗，清朝人写的古诗读得很少，那么就让我们来看一看，这首古诗与以往的古诗有何不同吧。

　　诗的前两句写到，天上的飞云和岫心一直都在，明月和沉潭的影子也有。这两对事物都是相伴而生的，而"明月"又是思乡的象征，诗人在此举了两个例子，又运用了这些意象，想要表达什么情感呢？我们暂时还不知道，那就接着往下看吧。诗的后两句又写了，如果明月有情，它应该认识"我"，因为"我"和它（明月）年年在他乡相见。一个"他乡"尽显了诗人身处异乡的孤独。明月哪里都有，诗人

在家乡时也曾看到过它，在异乡，也会看到。而现在只有明月这个老朋友陪着"我"了，更显出诗人的孤独及悲凉。"年年相见"也从侧面写出了诗人已经在异乡很久了，很久没有回到故乡了。

不管现在和过去，人们都对明月有着各种各样的寄托。如果你以后身处异乡，看到天上的那轮明月，想必也会想起家乡吧！

卢　纶（约742—799年），字允言，河中蒲州（今山西省永济县）人，祖籍范阳郡涿县（今河北省涿州市），唐代诗人，"大历十才子"之一。卢纶作诗，多是五七言近体，其诗歌既有唱和赠答之作，也有诸多反映从军生活和社会现实的篇章。卢纶虽诗名远播，但仕途并不顺利，多次应举不第。后因交游广泛，得到权贵（如宰相元载、王缙）的推荐，才得以步入仕途，历经坎坷，最终官至检校户部郎中，不久去世。著有《卢户部诗集》。

长安春望（节选）

❖（唐）卢 纶

东风吹雨过青山①，
却望②千门③草色④闲。
家在梦中何日到，
春生⑤江上几人还。

注释

①"东风"句：语从陶渊明《读山海经》"微雨从东来，好风与之俱"
化出。

②却望：回头望。

③千门：泛指京城。

④草色：一作"柳色"。

⑤春生：一作"春归"，
一作"春来"。

少年读古诗词

赏析

　　人们常说"日有所思，夜有所梦"，白天念念不忘的数学题，晚上在梦里要么继续抓耳挠腮受尽困扰；要么灵光乍现思路明了一挥而就；一直想去的旅游景区，迟迟没能去成，在梦里可能就把你想欣赏的风景和想吃的美食都体验了一遍，梦醒时分只能垂涎。

　　我们有时会在梦里实现当下无法做到的事情，有人则会在喝醉的情况下，才敢去做清醒时没有勇气做的事情。在唐代宗"大历十才子"的诗歌中，他们早就用"梦""醉"来表达自己暂时无法实现的理想，其中尤以感乱思家为众。这样的写作特色即"阴柔之美"，它们会在咏叹之中引起读者的同情和怜悯。

　　名列"大历十才子"的卢纶，在诗作《长安春望》中，便已奠定了十才子的审美特征。

　　"东风吹雨过青山"诗句中的"东风吹雨"，是说东风从家乡吹来，因为卢纶是河中蒲人（今山西省永济市人），家乡刚好在长安的东面。在东风的轻拂下，微微春雨洒过青山。"却望千门草色闲"，回望长安京

76

城，屋舍井然，草色闲闲。"千门"，泛指京城，"闲"字写出了春草的清闲，此时诗人却因离愁别绪堵塞心头，在对比中更能突出诗人在登高回望中复杂的感情。

"家在梦中何日到，春生江上几人还。"故园就在梦里，何时才能归还？冬去春来，江面上船来舟往，又有几人在归途中得以回家。而那归程啊，却不曾有"我"在其中。诗人"恨"和"妒"的情绪在诗句中显露无遗：恨自己不能回去，魂牵梦萦的家乡只能在梦中出现；妒的则是那些归家的人，妒忌之余尽显羡慕之意。这是整首诗的经典名句，了解诗歌的创作背景后可知，诗人面对国势日衰和浮生短促的无奈，抒发了离乱中的思家之情。这种复杂又细微的心理活动，恰如其分地被刻画了出来。

静夜思

❖（唐）李　白

床前明月光，
疑是地上霜。
举头望明月，
低头思故乡。

赏析

　　当我们仿照古人仰望夜空时，繁星满天抑或是月明星稀都很难看到了。城市的道路纵横交错、灯火通明，天空中美丽的景色很难欣赏周全。大多数人白天忙于学习工作，早已疲惫不堪，但还是养成了晚睡熬夜的习惯。古时没有电，晚上至多到朋友家串串门，以诗词歌赋你唱我和。大多数人天黑就入睡了，十个小时左右的夜晚，能一觉睡到天亮那是

少有的事。月挂中天，月辉照进窗户，很容易让人从睡梦中醒来。

寂静的夜晚，大诗人李白正在沉思些什么？

"床前明月光"中的"床"大有争议，相对权威且得到普遍认可的说法认为，床是井栏的意思。中国最早的水井是木结构水井，为了避免人、物掉入井内，会用四堵墙围住井口。这样一来，就会和古代的床很像，所以古代的井栏又叫银床，两者在形状和功能上都很相似。作客他乡、独处的诗人，在这月色如霜的秋夜，心中泛起了阵阵思念故乡的波澜。"疑是地上霜"中的"疑"字写出了诗人睡梦初醒、迷离恍惚的状态，误将照射在"床"前的清冷月光当成了铺洒在地面上

的浓霜。而"霜"字则通过深秋的寒冷、月光的皎洁，烘托出诗人漂泊他乡孤寂凄清的境况。

"举头望明月，低头思故乡"顺势升华了诗歌的情感，思乡的情绪喷薄而出。"举头"

和"低头"对应,用一组连贯的动作,绘出了诗人在"望"明月之后,陷入"低头"沉思的状态,思念着那远方:是父老乡亲、山水草木,还是那逝去的青春年华?我们不曾得知,毕竟思念之深,内容过于丰富。

这首五言绝句清新脱俗,明白如话,三岁小孩都能脱口吟诵,它用平铺直叙的语言传达着浓浓的思乡之情,因此,它能成为千古传诵的经典自然在情理之中。

春夜洛城①闻笛

❖（唐）李　白

谁家玉笛②暗飞声，
散入春风满洛城。
此夜曲中闻折柳③，
何人不起故园④情。

注释

①洛城：今河南省洛阳市，唐朝时很繁华的都市，称为东都。

②玉笛：笛子的美称。

③折柳：即《折杨柳》笛曲，乐府"鼓角横吹曲"调名，内容多写离情别绪。

④故园：指故乡、家乡。

　　《父亲》的前奏响起，每个聆听者都会沉下心来，"总是向你索取却不曾说谢谢你，直到长大后才懂得你不容易……"直指人心的歌词，时光易逝的叹息，饱含深情的吟唱，让我们在音乐的引领下回望过去，将记忆中尘封的亲情碎片拼接起来；用心理解父亲深沉的爱，珍惜当下，感恩父亲。这便是音乐的力量，每一个处境相似的人，都会心随乐动，产生共情。

　　诗人李白也不例外，也会因为听到某段乐曲而受到触动。

　　李白是四川人，20多岁便辞亲远游，一生漂泊在外，长期客居于湖北、山东等地。诗人旅居在洛阳时正值春天，某夜偶然听到一曲《折杨柳》，触发深长的乡思，便作下此诗。

　　"谁家玉笛暗飞声"，不知是何人吹奏着玉笛，悠扬的笛声打破了夜的沉寂，悄悄地响起。此时的诗人是在宣纸上肆意地泼墨挥洒，还是静坐窗前独酌仙露琼浆，无从得知。可以肯定的是这不期而来的笛声，

深深地吸引住了诗人。循声而去，辨不清玉笛声从何而来。"散入春风满洛城"，春风煦煦，笛声飘散在风中，春风吹散了笛声，笛声飘遍了这静谧的洛阳。似乎全城的人都在屏息凝神地聆听着乐曲，是谁吹响已经不重要了。

"此夜曲中闻折柳"，今夜，缥缈的笛声让"我"听到了思乡怀亲的《折杨柳》。"折柳"即《折杨柳》，是汉代横吹曲名，内容大多抒发离愁别绪。"柳"的谐音是"留"，古人送别友人时，多折柳相赠，暗含留恋之意。"何人不起故园情"，听到这笛声的人，谁不会萌发思乡之情呢？弥漫在夜空的笛声许久未散，缠绕在游子心头的怀念故乡之情更是挥散不去。诗人触景生情，在洛阳城，默默地品尝着思乡之苦。"何人"涵盖了所有的游子，诗人概说所有，但第一个产生故园情的不正是诗人自己吗？

闻①官军②收河南河北

❖（唐）杜 甫

剑外忽传收蓟北，初闻涕泪满衣裳。
却看妻子③愁何在，漫④卷诗书喜欲狂。
白日放歌须纵酒，青春⑤作伴好还乡。
即从巴峡穿巫峡，便下襄阳向洛阳。

注释

①闻：听说。

②官军：指唐王朝的军队。

③妻子：妻子和孩子。

④漫：随便，胡乱。

⑤青春：指春天的景物。诗人想象
春日还乡，旅途有宜人景色相伴。

赏析

　　杜甫 52 岁的时候，安史之乱还没有结束。这天，街道上传来了叛乱已平的捷报，杜甫饱含激情，在此诗中尽显"狂"态。

　　"剑外忽传收蓟北，初闻涕泪满衣裳。"忽然剑外有人奔走相告收复蓟北的好消息，刚听到时眼泪就沾湿了衣裳。叛乱已平，百姓们终于迎来了黎明，苦难的日子总算熬过去了；大地满目疮痍，黎民疾苦还恍如昨日，不禁又悲从中来。但这场浩劫总算如噩梦般过去了，可以重返故园，开启新的生活了！继而转悲为喜，初闻捷报的复杂心情难以言表，诗人老泪纵横。

　　"却看妻子愁何在，漫卷诗书喜欲狂。"悲喜交集之余，诗人本能地回过头去看妻、儿，哪里还有一丝忧伤，胡乱地卷起诗书欣喜若狂。想要把自己的心境与家人分享，竟不知该说些什么，然而也无须多说了。赶紧收拾东西回家去吧！

　　"白日放歌须纵酒，青春作伴好还乡。"如此大快人心的喜事，必须放声高歌痛饮美酒，趁着春光明媚与妻儿一同返乡。对于一个年过半百的老人，如此狂放的状态，正照应了"喜欲狂"，良辰美景实在是锦上添花，真让人爽心啊！

"即从巴峡穿巫峡，便下襄阳向洛阳。"就从巴峡再穿巫峡，经过了襄阳之后就直奔洛阳。诗人手舞足蹈，很快就规划好了路线图，不假思索便脱口而出。路途遥远，峡险而窄，水陆交替多有不便，但诗人给我们描绘的则是一幅疾速飞驰的画面，途中的地名一闪即过，即刻便携着妻儿回到了家乡。

亲情故乡

峨眉山①月歌

❖（唐）李　白

峨眉山月半轮秋②，
影入平羌③江水流。
夜发④清溪⑤向三峡，
思君不见下渝州⑥。

注释

①峨眉山：在今四川省峨眉山市西南。

②半轮秋：半圆的秋月，即上弦月或下弦月。

③平羌：即青衣江，大渡河的支流，位于峨
眉山东北。

④发：出发。

⑤清溪：指青溪驿，在峨眉山附近，属四川
省犍为县。

⑥渝州：治所在今重庆巴南区。

赏析

　　一纸诏书，在国家的召唤下，诗人夜间就出发了。20多岁的年纪，赤心报国是他的宏愿，这一刻的到来，在李白心里已经演绎了上百次。可在出蜀途中，故乡被抛在身后渐行渐远时，这生活了20多年的家乡，此去何时才能再归？复杂的情绪在诗人的心中酝酿着……

　　"峨眉山月半轮秋，影入平羌江水流。"半轮秋月高悬在峨眉山前，月影倒映在澄澈的青衣江的水面上。秋高气爽，半轮明月，足以照亮这壮丽的大地，诗人眼前所见便是一幅青山吐月的水墨画。低头一看，这半轮明月早已影映在清澈的江面上，随着小舟顺流而下了。细细想来，顺流而下的不过是载着诗人的小舟，若是定点观赏，月亮的影子则是静止的。那么，诗人未表明的则是秋夜行船之事。"入"和"流"两个简单的动词，营造出了空灵的意境。

　　"夜发清溪向三峡，思君不见下渝州。"夜间乘船出发，离开清溪直接往三峡奔去；"我"心里想念着

你，无奈山水阻隔了你的身影，此行远去，却不知何时再见，只能依依不舍地顺江奔向渝州。读至此处，诗歌完结。我们所见到的则是一位伫立船头的翩翩少年，时而仰头遥望明月，时而低头沉思不语。初次远行，诗人把前途看作坚定的信仰、奋发的方向。但对家乡又是多么不舍：熟悉的亲人、儿时的玩伴，乃至一草一木。水中的明月如故人，想把一切都寄予月亮，然而明月毕竟不是故人啊！只能怀揣着依恋往渝州奔去。

此诗不仅包含了诗人赤心忠胆的豪迈，还有远行游子思乡的柔情。语言清新怡人，五个地名贯穿使用，空间上也是虚实相生，不禁让人看到了一个丰富立体的平常人。

菩萨蛮

❖（唐）韦　庄

人人尽说江南好，游人①只合江南老。春水碧于②天，画船听雨眠。

　　垆边③人似月，皓腕凝霜雪。未老莫还乡，还乡须④断肠。

注释

①游人：这里指漂泊江南的人，即词人自己。

②于：胜过。

③垆边：指酒家。垆，旧时酒店用土砌成酒瓮卖酒的地方。《史记·司马相如列传》记载，司马相如妻卓文君长得很美，曾当垆卖酒："买一酒舍沽酒，而令文君当垆。"

④须：必定，肯定。

温婉可人的江南水乡大概无人不知，即使没有亲临其境，也曾或多或少在大量的诗作中脑补过它的曼妙。尤其春光正好之时，"日出江花红胜火，春来江水绿如蓝"，曾一睹芳容的游子，更是无人不神而往之。

但诗人韦庄自离开江南之后，身处乱世求取功名而不得，无法回到那柔情似水的江南，只得在文字中回味过往，聊以慰藉。

"人人尽说江南好，游人只合江南老。"每个人都说江南好，来到这儿的游人只想在江南慢慢变老。江南的美，无处可匹敌。但是客居于此的游人忙于逃避战乱，又怎么有闲情逸致去品味它的美！

"春水碧于天，画船听雨眠。"春天的江水清澈碧绿，比天空的湛蓝还要更胜一筹，卧在画船中，潇潇雨声伴梦入眠。曾经生活在这诗情画意的水乡，是何等的闲适自得。与四处战乱相比，这里可真是世外桃源。大自然的美天然去雕饰，诗人转而描绘了江南浓郁的生活气息。

　　"垆边人似月，皓腕凝霜雪。"这块诗意的土地上生活着什么样的人呢？街道边酒家卖酒的女子如月亮般美丽；在盛酒撩袖时，不经意露出的双臂像那霜雪凝聚般洁白。诗人在这里化用了卓文君当垆卖酒的典故，"垆边人"借指诗人的妻子。远在西南蜀地的韦庄，何尝不思念着面如皎月、肤如凝霜的妻子啊！

　　"未老莫还乡，还乡须断肠。"年华未衰的时候千万不要回乡，回到家乡之后必定会愁肠寸断。诗中极力表现了诗人欲归而不得的无奈：记忆中的江南依稀还在眼前，可现实却是战乱烽火，漂泊无依，哪里还有回得去的故乡？只有偶尔将心中仅存的那点儿念想拿出来温存罢了。

杂诗三首（其二）

❖（唐）王　维

君自故乡来，
应知故乡事。
来日①绮窗②前，
寒梅著花未③？

注释

①来日：指来的时候。

②绮（qǐ）窗：雕画花纹的窗户。

③著花未：开花没有？著（zhuó）花，开花。

赏析

　　王维长期客居他乡，思乡之情可想而知。一旦遇到从故乡而来的人，那种思亲情感不难想见。作为诗

人，在情感的激荡下，自然会以诗来表达自己激动、期盼的心情。

"君自故乡来，应知故乡事。"朋友啊，你从故乡而来，一定知道故乡最近发生的事情，也一定能够解答"我"一肚子思乡的牵挂。可以看出王维在他乡遇到故乡人感到多么亲切。他迫不及待地和友人交谈，问他故乡的情况。

那么王维都会问些什么呢？"来日绮窗前，寒梅著花未？"朋友啊，当你出发前来的那一天，"我"家窗前的梅花开了没有？看啊，这就是诗人！诗人思念中的故乡是那么富有诗意。他没有问家里的亲人，也没有问家乡近来发生的新闻，却是问窗前梅花开了没有这样诗意的、细节的问题，看似与故乡联系不大，其实却反映出诗人对家乡充满了不尽的爱和思念。我们可以想象一下，诗人家中窗前的这株梅花应该是诗人亲手种植的，他在家中的时候，少不了浇水、剪枝。每当寒冬腊月的时候，诗人在屋内读书，抬头看到窗外的寒梅，是那样赏心悦目，就可以解却诗人的困乏。诗人现在客居他乡，又到了冬天，诗人心中牵挂着家人，牵挂着窗前的梅花。在诗人不在家的日子里，家人照看着梅花，为它浇水、剪枝。诗人在这里虽然没有问家人情况，却是不问之问。花若盛开，则家人安好。

诗歌最后没有写友人的回答，留给读者丰富的想象空间。其实诗人家乡窗前的梅花早已盛开，开在了诗人的心中。正如杜甫所说"月是故乡明"，思念中的故乡总是那么美好。

贺知章（约659—约744年），字季真，自号"四明狂客"，越州永兴（今浙江省杭州市萧山区）人。唐代诗人、书法家，与张若虚、张旭、包融并为"吴中四士"；与李白、李适之等称"饮中八仙"。他为人旷达不羁，中状元后官至太子宾客，深受器重。天宝初，贺知章请还乡里，唐明皇亲自写诗为他送行，皇太子率百官饯行。后隐居在千秋观，没过多久，便与世长辞，享年86岁。贺知章诗歌以绝句见长，除应制诗、祭神乐章外，其写景、抒情之作气度雍容，清新潇洒，语言朴实无华，最脍炙人口的便是《咏柳》《回乡偶书》等佳作，千古传诵。其作品大多散佚，《全唐诗》录其诗19首。

回乡偶书①二首（其一）

❖（唐）贺知章

少小离家②老大③回，
乡音无改④鬓毛衰⑤。
儿童相见不相识，
笑问⑥客从何处来。

注释

①偶书：偶然写的诗。

②少小离家：贺知章 37 岁中进士，在这之前就离开家乡。

③老大：年纪大了。贺知章回乡时已年逾八十。

④无改，一作"未改"或"难改"。

⑤鬓毛：额角边靠近耳朵的头发。一作"面毛"。衰（cuī）：减少，
疏落。

⑥笑问：一作"却问"或"借问"。

亲情故乡

赏析

　　小伙伴们像往常一样在路边玩耍。玩得正欢的时候，迎面走来了一位老爷爷，他们很快就把银发老爷爷团团围住了。如果你也是小伙伴中的一员，想问这个老爷爷什么问题呢？带着这个有趣的小问题，我们一起走进贺知章的故事里，看看这群小朋友，会如何"刁难"他吧！

　　"少小离家老大回，乡音无改鬓毛衰。"很小就离开家乡，到老了才回来，家乡的口音丝毫未变，可那额角边的头发，早已稀疏花白。"树高千丈，落叶归根"的心愿由来已久，在这双鬓银丝的垂暮之年，能够返还故乡是何其幸运呀！贺知章感慨不已，缓慢地往家中走去，家里的境况也不知是怎样的。思虑之余，一群小孩子的欢笑声吸引了诗人的注意，他们也发现了这位奇怪的老爷爷。

　　"儿童相见不相识，笑问客从何处来。"小孩子们看见了诗人，竟没有一个认识的。想来也理应如此，离家50余载，成年人都不一定相识，更何况年幼的孩童呢！没一会儿工夫，诗人就被可爱的孩子们围住无法挪步了，他们仰望着这位陌生又奇怪的人，问道："客人是从哪里来的呀？"这简单又自然的问题，却让贺知章不知从何说起。对于诗人而言，这问题是极为沉重的，不仅是因为离家时的那个青春洋溢的翩翩少年郎，此时"鬓毛衰"的模样，更源于回到家乡反主为客的悲哀。面对孩子们欢快的笑脸、疑惑的眼神，诗人心中暗流涌动，千言万语竟无法说出口，他笑而未语，故事到这里戛然而止。

整体上来说，岁月在诗人的脸上留下了深深的皱纹，给乌黑的头发染上了白霜，漂泊在外的游子早已不是从前的模样，家乡的人与事每天也在变，但唯一不改的是游子那颗回家的心，不变的是游子对家乡深厚的情意。诗人回乡的欢愉和对人世沧桑的感慨，你捕捉到了吗？

亲情故乡 感念

重别周尚书

❖（南北朝）庾 信

阳关①万里道②，
不见一人③归。
唯有河边雁，
秋来南向④飞。

注释

①阳关：在今甘肃省敦煌市西，汉朝时
地属边陲，这里代指长安。

②万里：指长安与南朝相隔很远。

③一人：指诗人自己。

④南向：向着南方。

　　每当春节来临之际，在外奔波了一年的人们，即便面对"一票难求"的困境，或遭遇飞机晚点、起飞后受大雪天气影响返航等意外，仍会在吃尽苦头之后，想方设法回到家人的身旁。生活再艰辛，家的温暖也足以让人们有力量与苦难相抗衡。

　　庾信送别同僚南归的时候，自己的心思也早已同行。眼看着好友踏上了归途，可是自己归乡的漫漫长路何时才能启程啊？压抑在内心的苦闷和对家国的思念之情又上心头。

　　"阳关万里道，不见一人归。"诗中的"阳关"多指通往西域的必经之路，诗人流寓北方，自然不需要过阳关。此处借用，指的是通往长安的大道；"一人"，是指诗人自己。长安到金陵之间的交通要道，年年盼望着，却始终也没能踏上。眼看着好友就要离开了，自己如同一只落单的大雁，只能滞留在原地悲鸣，绝望而不知所措。"唯有河边雁，秋来南向飞。"只有那河岸边的大雁，秋天到来之后仍可以自由南飞。好友

周弘正不正是那只"河边雁"吗？诗人只能羡慕友人的南归，何况大雁在秋去冬来之间尚且来去自由，自己还不如鸿雁呢。

诗人流寓北方之后，深受北周皇帝礼遇而归家不得。长期忍受着思念故国乡土的苦楚，身心的不自由也让他十分怨愤。在诗词中尽显内心的孤寂和对家国的思念，眼看着自己的同伴好友纷纷南归，无尽的哀愁只能自我承受。这种带有象征意义的写法，让诗歌更加丰满，在遣词上也大有妙处。

西江夜行

❖（唐）张九龄

遥①夜人何在，澄潭月里行。
悠悠天宇②旷，切切故乡情。
外物寂无扰，中流澹③自清。
念归林叶换，愁坐露华④生。
犹有汀洲鹤，宵分乍一鸣。

注释

①遥：远。这里指时间漫长。

②天宇：天空。

③澹（dàn）：水波迂缓的样子。

④露华：露水。

赏析

你们有过在江上夜游的经历吗？如果没有，那就

让我们和诗人一起来一次夜游吧。

诗歌的首联讲述的是诗人在夜里出行，描绘了一幅夜色清新、明月高挂的景象。这一句中，诗人描绘的一幅夜景图，给全诗奠定了清新明亮的基调。颔联是排比句，用天宇和故乡对比，既表达了诗人的思乡之情，又突出了诗人对故乡的思念心切。不得不说，诗人在面对如此美丽的景象时，还不忘思念故乡，他可真是一位不忘本的诗人。那么诗人思念完家乡之后又写了什么呢？咱们再接着看，颈联诗人再次写了景，他描写了江水清澈透明，周围的环境寂静没有人打扰的景象。请想一想，诗人这样写还有一个什么原因？对了，就是从另一个侧面突出自己品格的高尚。尾联诗人又写到了自己的思乡之情，春去秋来，诗人在这寂静的夜里独自一人静坐着、思考着，周围渐渐有了寒露，打湿了他的衣衫。这时，天已经大亮了。水上的鹤突然叫了一声，打断了他的思绪，也打断了他的思乡之情。他的思绪在这里突然停止了，他的诗也在这里停止了，这没有写出的后续的事，让人浮想联翩。

　　本诗写景与写情结合，突出了诗人对故乡深切的思念。整篇诗章，诗人不仅描绘了一幅美丽的明月夜景图，也描写了自己的思乡之情，随着诗歌的戛然而止，让人有意犹未尽之感。

和①晋陵②陆丞《早春游望》

❖（唐）杜审言

独有宦游人③，偏惊物候④新。
云霞出海曙，梅柳渡江春。
淑气⑤催黄鸟，晴光转绿蘋⑥。
忽闻歌古调⑦，归思欲沾巾⑧。

注释

①和：指用诗应答。

②晋陵：今江苏省常州市。

③宦游人：离家在外地做官的人。

④物候：指自然界的气象和季节
变化。

⑤淑气：和暖的天气。

⑥绿蘋（pín）：浮萍。

⑦古调：指陆丞写的诗，即题目中的《早春游望》。

⑧巾：一作"襟"。

赏析

　　常言道："一年之计在于春"，春天是带给人欣喜和希望的季节。古往今来，描写春天的诗可不少，本诗就是其中的一首。

　　诗的首联就发出感慨，说只有离别家乡的游子们，才会对他乡的季节变化感到大惊小怪。为什么要这么说呢？这是因为如果在家乡，或者是当地人，经常见到这些，所以就见怪不怪了。"独有""偏惊"的强调语气中，生动形象地表现出诗人游玩江南的矛盾心情。诗歌的开篇便很有个性。"惊新"从表面上看，写的是江南新春伊始至仲春二月的物候变化特点，实际上诗人是在比较故乡的物候以此来写异乡的新奇，饱含了诗人浓浓的思乡之情，句句惊新，而且处处怀乡。颔联中的"云霞"写的是新春伊始，"梅柳"写的是初春正月的花木，为我们展现了一幅梅柳渡过江来，江南就完全是花红柳绿的春天的景象。那么诗人接下

来又写什么了呢？再看颈联，诗人又写到了春鸟，一个"催"字，突出了江南二月春鸟欢鸣的特点。然后又写了水草，暗示出江南二月仲春的物候，恰好比中原三月的暮春整整早了一个月。总之，思乡情切，更觉异乡的新奇。颔联与颈联写了眼中所见到的江南物候，也蕴含着心中怀念故乡之情，与首联中那种矛盾的心情是一样的，同时也自然而然地转到了尾联。尾联点明了自己思念家乡和道出伤春的本意。"欲"字用得极妙，妙在它传神地表达了诗人"归思"之情的深切。

诗人将家乡的景色与异乡的景色做了对比，那么你的家乡的春天是什么样的呢？请试着写出来吧！

杂诗十九首（其十三）

❖（唐）无名氏

近寒食雨草萋萋，
著①麦苗风柳映堤。
等是②有家归未得，
杜鹃③休④向耳边啼。

注释

①著：吹入。

②等是：为何。

③杜鹃：鸟名，即子规。

④休：不要。

赏析

　　这又是一首思乡的诗，有句话说得好，"每逢佳节倍思亲"，可诗中写的是寒食节，寒食节并不是什

么佳节，那么诗人在这一天里究竟是什么引发了他的思乡之情呢？读这首诗前，也让我们仔细想一想，我们前面读过的那些思乡诗中又各有何异同呢？诗人是不是都会触景生情？这篇诗歌也是如此吗？

首联写的是快要到寒食节了，绵绵春雨更显得春草萋萋，运用这种景象，营造出诗人内心的凄凉感。那么他为什么不回家呢？再接着往下看，尾联写到诗人客居外地不能返乡，听到杜鹃悲泣的声音，更觉得十分伤感。所以他说，杜鹃啊杜鹃，你不要再叫了！这首诗的节奏十分独特，首两句节拍为"一、二、一、一、二"，然而却谐绝句平仄韵，这是绝句中少见的。前两句中的四景：雨、草、麦苗、柳，虽然有的可称乐景，有的可称哀景，但所表示的情感却无一例外，均为愁情。这便是诗人所要表达的乡思之愁。后两句主要借用杜鹃其声表达诗人欲归而不能的无奈。语言含蓄蕴藉，情绪无限感伤，深切地表达了诗人思念家乡的情感，以及对有家不能归的深深的悲哀之情。

漫书五首（其二）

❖（唐）司空图

溪边随事有桑麻，

尽日山程十数家。

莫怪①行人频②怅望，

杜鹃不是故乡花。

注释

①莫怪：不要怪。

②频：频繁。

几乎每一座城市都有自己的市花，那么在赏析本诗之前，我想问你们一个问题，你知道你所在城市的市花是什么吗？又有怎样的含义呢？如果不知道也没有关系，回家后去问问爸爸妈妈，或者自己去网上查一查。现在，就让我们来读这首诗吧。

诗的前一句写到，溪边有许多桑麻。让我们想象一下这个画面，弯弯曲曲的小溪旁，绿草如茵，又生长着许多桑麻，这是多么美丽的景象啊。一个"随"字足以证明溪边桑麻之多。再看第二句，这里山也多，从"十数家"可以看出。前面两句采用写实的手法，将这里的景色展示出来。这里，诗人不带有任何感情色彩，只单单描绘了景色，从这些画面中我们可以看出，这个地方应该是十分美丽的。那么诗人又是怎样看待的呢？咱们再看第三句，诗人说，不要怪行人总是频繁地因观赏美景而生出惆怅的心情啊，这漫山遍

野的杜鹃花开得虽然好看，但却不是故乡里的花。这里的"行人"，很有可能指的就是诗人自己。所以说，诗人此时的感情是惆怅的，又是略带遗憾的。他乡再好，也不是故乡，若这么多杜鹃花是故乡的花那该有多好啊！

　　读到这里，我还想对你们说，如果你们知道了自己城市的市花，千万别忘了写一段话来赞美它啊！

渡荆门①送别

❖（唐）李　白

渡远②荆门外，来从楚国③游。
山随平野④尽，江⑤入大荒⑥流。
月下飞天镜⑦，云生结海楼⑧。
仍怜⑨故乡水，万里⑩送行舟。

注释

①荆门：山名，位于今湖北省宜都县西北长江南岸，与北岸虎牙山对峙，地势险要，自古就有楚蜀咽喉之称。

②远：远自。

③楚国：楚地，指湖北省一带，春秋时期属楚国。

④平野：平坦广阔的原野。

⑤江：长江。

⑥大荒：广阔无际的田野。

116

⑦月下飞天镜：明月映入江水，如同飞下的天镜。

⑧海楼：海市蜃楼，这里形容江上云霞的美丽景象。

⑨怜：怜爱。

⑩万里：喻行程之远。

赏析

　　李白被我们称为"诗仙"，他的诗以豪放见长，这首诗是他出蜀（也就是现在的四川）时所作，李白此次出蜀，到过很多地方，荆门就是其中之一。那么，李白在荆门有过什么样的见闻呢？想必你们一定等不及想了解了吧，那咱们快点儿去看看吧。

　　诗的首联，写出了诗人坐在船上沿途纵情观赏巫山两岸高耸入云的峻岭，一路走来，眼前的景色也发生了变化。船经过荆门一带，视野顿时一片开阔，别有一番景色。"山随平野尽"，就形象地描绘出了这里特有的景色：山逐渐消失了，眼前是一望无际的平原。"随"字化静为动，将群山与平野的位置逐渐变换，富有真实感。"江入大荒流"，写的是江水奔腾直泻的气势，"入"字写出了气势的博大，充分表达了诗人

少年读古诗词

的万丈豪情和喜悦的心情，也在景中蕴藏着诗人蓬勃
的朝气。写完山势与流水，诗人又以移步换景的手法，
从不同角度描绘长江的近景与远景。颈联中写到晚上
江面平静时，俯视月亮在水中的倒影，好像天上飞来
一面明镜；白天时仰望天空，云彩变幻无穷，结成了
海市蜃楼般的奇景。颈联两句反衬出江水的平静，展
现了江岸的辽阔和天空的高远，充满了浪漫主义色彩。
当然，诗人在欣赏这些美丽风光时，也不禁起了思乡
之情，这就有了尾联，"仍怜故乡水，万里送行舟"。
诗人从"水"落笔，没有写自己是如何思念家乡的，
而是写江水流过的蜀地也就是曾经养育过他的故乡之
水一路送他，更显出自己的思乡之情。本首诗以浓厚
的怀念惜别之情作为结尾，言有尽而情无穷。

　　读了这首诗后，聪明的你一定知道，题目中的"送
别"，送别的不是朋友，而是故乡哦。

将至^①桐城

❖（清）王士禛

溪路行将尽^②，初过北峡关。

几行红叶树，无数夕阳山。

乡信凭黄耳，归心放白鹇。

龙眠^③图画里，安得一追攀。

注释

①将至：快要到达。

②尽：尽头

③龙眠：画的名字，由李公麟所画。

赏析

　　我们之前所读的思乡感怀诗中，题目大多有"送别"或者是"别"，可本首诗却说"将至"，也就是"快要到达"的意思。那么这个桐城是诗人离开家乡要去的地方吗？还是说这个桐城就是诗人的家乡？就让我们一起来探寻吧。

　　先看首联，临着小溪的路快要走到尽头的时候，"我"刚刚翻过了桐城和舒城交界的北峡关。这里是写实，告诉了我们诗人现在在哪里。我们接着看，颔联又说了，夕阳西下，几行红叶树的后面就是连绵起伏的龙眠山，那么诗人到底是离开家乡还是回到家乡了呢？我们还是不知道，别急，再接着看下去。颈联中诗人这才说了，他要把家书托付给黄耳灵犬，把思乡的心情让白鹇鸟带回故乡。读到这里时，我们才豁然开朗，原来诗人这是离开故乡，去往别的地方了。离开家乡的人，心情大多是很不好的，诗人也不例外，所以他在尾联中写道，眼前就是龙眠居士李公麟所描绘的龙眠山水，"我"能否仿效前贤归隐此地，直到老去的那一天呢？从"安得"一词中，便可看出诗人的这种渴望之情。

好了，这首诗我们读完了。开篇时的疑惑也已经弄明白了，是不是感觉有一种满足感呢？其实，我们在阅读诗歌的时候，带着一个问题去读，会有很多意想不到的收获哦。

苏幕遮（节选）

❖（宋）周邦彦

故乡遥，何日去？家住吴门①，久作长安旅②。五月渔郎相忆否？小楫③轻舟，梦入芙蓉浦④。

注释

①吴门：今指江苏苏州。在古时指古吴县城。此处用吴门泛指吴越一带。词人是钱塘人，钱塘古属吴郡，故称"家住吴门"。

②久作长安旅：长年旅居在京城。旅，客居。长安，借指北宋的都城汴京（今河南开封）。

③楫（jí）：短桨，一种划船用具。

④芙蓉浦：芙蓉，荷花的别称。浦，水湾、河流。有荷花的水边，有溪涧可通的荷花塘。这里指杭州西湖。唐张宗昌《太平公主山亭侍宴》诗："折桂芙蓉浦，吹箫明月湾。"

赏析

　　思乡，一直是古往今来经久不衰的诗歌表现主题之一。尤其是在交通和通信都不发达的古代，人们一旦远离家乡，想知道家乡的消息可谓难上加难。于是，远在异地的诗人有时候会触景生情，不由得悲从中来，饱含着满腹的思乡之情写下一首又一首脍炙人口的诗篇。而本首词的作者，便是看到了荷花触景生情，从而写下了这首词。事不宜迟，让我们快快欣赏这首词吧！

　　先看词的前两句，"故乡遥，何日去？家住吴门，久作长安旅"。点明了地点的同时，又暗含了词人很想快点儿离开此地之意。为什么这样说呢？因为从一个"久"字中可以看出词人待在长安已经很久了，这就体现出了词人对这种漂泊不能归乡的生活的厌倦，看来词人真的是特别想家啊。我们再接着往下看，紧接着词人写道"五月渔郎相忆否？"这里词人并没有写自己思念家乡的亲朋好友，反而在问渔郎是否思念自己，这种写法叫作主客移位，这样写更能衬托出词人对家乡的思念之情。这首词真是一句比一句更加思乡啊，让人都不忍再读下去。可已经到了最后一句，让我们还是接着往下读吧。"小楫轻舟，梦入芙蓉浦"，这里说的是词人在梦中划着小船进入了荷花塘中。唉！词人现实中回不去家乡，便只能在梦中回去了。词人用这个梦境结尾，给人留下了无限的情思和遐想。

　　这首词写出了远行游子的思乡情结，通过对五月的江南、渔郎、轻舟这些情景进行虚实变幻的描写，将词人的思乡之苦表达得淋漓尽致。

范仲淹（989—1052 年），字希文，祖籍邠州，后移居苏州吴县。北宋杰出的政治家、文学家、思想家。范仲淹幼年丧父，大中祥符八年（1015 年），苦读及第，被任为广德军司理参军（类似于今天的司法官）。到庆历三年（1043 年），官至参知政事（副宰相）。皇祐四年（1052 年），改知颍州，在上任途中病逝，享年 64 岁。他一生政绩斐然，世称范文正公。范仲淹倡导的"先天下之忧而忧，后天下之乐而乐"思想和仁人志士节操，对后世影响深远。其文学成就突出，是北宋诗文革新运动的先驱，名作《岳阳楼记》传颂千古，另有《范文正公文集》传世。

渔家傲·秋思

❖（宋）范仲淹

塞下秋来风景异，衡阳雁去^①无留意。四面边声^②连角^③起，千嶂^④里，长烟^⑤落日孤城闭。

浊酒一杯家万里，燕然未勒^⑥归无计。羌管^⑦悠悠霜满地，人不寐，将军白发征夫泪。

注释

①衡阳雁去："雁去衡阳"的倒语，指大雁离开这里飞往衡阳。相传北雁南飞，到湖南的衡阳为止。

②边声：指各种带有边境特色的声响，如大风、号角、羌笛、马啸的声音。

③角：古代军中的一种乐器。

④千嶂：像屏障一般的群山。

⑤长烟：荒漠上的烟。

⑥燕然未勒：指边患未平、功业未成。燕然，山名，即今蒙古国境内之杭爱山；勒，刻石记功。

⑦羌（qiāng）管：羌笛。

赏析

"塞下秋来风景异"，眼看秋天到了，西北边塞的风光和江南风光自然大不相同。"衡阳雁去无留意"，古人相传，北雁南飞，到衡阳而止。此句意为头顶的大雁又飞回南方衡阳去了，一点也没有停留的意思。"四面边声连角起"，黄昏时分，军中号角催吹，周围的边声也随之而起。"千嶂里，长烟落日孤城闭"，层峦叠嶂里，暮霭沉沉，山衔落日，孤零零的城门紧闭。此情此景，不禁又勾起戍边人思乡的情绪。就连大雁都不愿在这儿待下去了，更何况人。但是，边塞军人毕竟不是候鸟，他们必须坚守在边塞。

下阕将怀念故乡的深情与建功立业的豪情交织在一起，格外感人。"浊酒一杯家万里"，既然满腔愁闷，不妨借酒排遣。没想到几杯浊酒才下肚，万里之外的故乡又浮现在眼前。这句是全词的核心，是它的灵魂所在。边塞军人一边饮着浊酒，一边思念着家里的亲人和家乡的一草一木。"燕然未勒归无计"，然而还没有在燕然山上刻石记功，还没有打胜仗，回乡的计划还无从谈起啊！"羌管悠悠霜满地"，此时夜已深，风声渐紧，秋霜满地，耳旁传来悠悠的羌笛声，听着听着，又增添了几分凄恻的感受。"人不寐，将军白发征夫泪"，唉！今晚恐怕又将难以成眠了。揽镜自照，突然发现，这些年来忧劳过度，白发已增添了不少。可是功业未建，归家的愿望还难以实现。想到此，不禁眼泪纵横。

灞上秋居[1]（节选）

❖ （唐）马　戴

灞原风雨定，
晚见雁行频。
落叶他乡树，
寒灯独夜人。

注释

①灞上：又作"霸上"，古代地名，
位于今陕西省西安市东，因地处灞陵高原
而得名，为诗人来京城后的寄居之所。

赏析

这首诗是诗人离开家乡来到京城后思念家乡时的
作品。诗人无法回到家乡，看着秋天来了，又想到了自己孤身一人，所以作了这首诗来寄托自己的感情。那么，就让我们看一看吧。

我们已经知道了这首诗是写在秋天，那么诗中便少不了关于秋天的描写。先看第一句，首先映入眼帘的就是灞原上空萧森的秋气，凄凉的秋风秋雨直到傍晚才停下来，在暮霭沉沉的天际，由北向南的大雁急急飞过。可是天上总在下雨，这些大雁啊，被雨耽误了不少的行程。现在雨可算是停了，大雁们要尽快在天黑之前找一个住处啊。这里用一个"频"字，既表明了大雁之多，又使人联想起雁儿们急于投宿的着急的样子。此处的景象是由天际渐渐转到了地面上，又转到了诗中人的身上。只见风雨中飘落了几片黄叶，而寄居在孤寺中的一个旅客正独对孤灯，默默地出神。古人常说，"落叶归根"，所以在看到了"落叶他乡树"时人们一定会有很多感触，其心情的酸楚，都已经浸透在了诗的字里行间。"寒灯独夜人"，一个"寒"字，一个"独"字，写尽了诗人此时凄凉孤独的况味。"寒"与"独"又起着相互映衬的作用：由于寒灯而显出夜长难挨，因为孤独

而更感到寒气逼人。

　　读了这么多思乡的诗，我们不难看出，"雁""落叶"常常是这些诗中所出现的意象。那么，如果让你选择一件东西代表秋天，你会选择什么呢？请转动你聪明的脑袋，想一想，说一说吧。

相见欢

❖（南唐）李　煜

无言独上西楼，月如钩。寂寞梧桐深院锁清秋①。

剪不断，理还乱，是离愁②，别是一般滋味在心头。

注释

①锁清秋：被秋色深深笼罩。

②离愁：指去国之愁。

赏析

　　这首词是词人李煜被囚于宋朝时所作，词作表现的是他离乡去国的锥心伤痛和对故国沉痛的思念。

　　"无言独上西楼"，词人情绪低落，没有他人可以相互言语，独自一人登上西楼。"无言"二字活画出词人的愁苦神态，"独上"二字勾勒出词人孤身登楼的身影，孤独的词人默默无语。词人登楼的目的是想要眺望，眺望自己日思夜想的故国家园。古人有诗句说："远望可以当归。"词人通过对家园的眺望，以排遣内心的孤寂和思念。"月如钩"，词人望见一钩残月孤零零地高悬在天际，这残月好比词人那残缺的人生。词人不能回到故土家园，月也似乎解人情，不忍独圆。庭院中，秋日的梧桐显得更加稀疏寂寥。凄清的月光，冷冷地映照着枝叶凋零的梧桐树，也映照着重门深锁的寂寥的庭院。整个庭院仿佛被萧瑟的秋气所禁锢着。在庭院中，还可以看到一两片被秋风吹落的梧桐叶，更加凸显出寂寥的秋日的况味。"梧桐一叶而天下知秋"，可词人却不能回到故土家园，这是怎样的一种凄凉和伤痛啊！缺月、梧桐、深院、清秋，这一切无不渲染出一种凄凉的境界，反映出词人内心的孤寂之情。

下阕继而抒写词人那烦乱的思绪，这思绪"剪不断，理还乱"，词人心情非常低落，越想抛却这烦乱的思绪却越抛却不了，也无法理清烦乱的原因，思绪就像一堆纠缠的丝线，越理越乱。"是离愁，别是一般滋味在心头"，这导致烦乱的原因大概是离愁吧，是对于故国家园的离愁！这种思而不得见的滋味没有切身的体验是无法感知到的。